Johanna Dopfer

Nina
und der springende Punkt

Ein Bilderbuch
über Vollwertkost
mit Rezepten
und einem Spiel

Illustration: Norbert Schäfer

D-7742 St. Georgen
ISBN 3-922 894-48-8

Gesamtherstellung: Reiff Druck, D-7600 Offenburg

Liebe Kinder,

„Süßigkeiten sind ungesund!“ – „Nasch’ nicht so viel, das ist schlecht für die Zähne!“

Solche Sätze habt ihr sicher schon oft von Erwachsenen gehört. Und soll ich was verraten? Sogar Erwachsene haben manchmal recht.

Aber damit ihr auch versteht, wieso, weshalb und vor allem wie man es besser macht, müßt ihr unbedingt Nina kennenlernen. Die hat mich in meiner Naturzauberwelt besucht. Doch mehr will ich euch gar nicht verraten.

Also, viel Spaß beim Lesen, Zuhören, Gucken, Spielen und Backen wünscht

Euer Kornelius

Nina sitzt traurig am Straßenrand heute.
Alle gehn weiter, auch kleinere Leute.
Nina ist lustlos und fühlt sich so schlapp.
„Drum“, denkt sie, „hau’n meine Freunde auch ab.“

Lange noch schaut sie ganz stumm vor sich hin.
Trübsinnig sein hat doch auch keinen Sinn.
Also spaziert sie ganz langsam hinaus.
Längst schon sind Straßen und Häuserblocks aus.

Nina steht plötzlich am Kornfeldesrand,
alles hier ist ihr so ganz unbekannt.
Leise jedoch wiegt der Wind diese Ähren,
und da kann Nina sich nicht mehr verwehren:

Sie greift hinein, pflückt sie ab, schält sie aus,
da fallen lauter so Körnlein heraus.
Nina bemüht sich den Rest rauszufieseln
und läßt das Korn durch die Hände dann rieseln.

Eines probiert sie, kaut langsam darauf.
Das schließt das Korn und die Augen ihr auf.
Es schmeckt ihr gut, Nina merkt das und staunt.
Irgendwie ist sie gleich besser gelaunt.

Ihr wird ganz anders, sie sieht plötzlich mehr:
Wo kommt denn nur dieses Punktmännchen her?
Federleicht hüpft es gleich auf ihre Hand
und macht sich höflich dann selber bekannt:

„Ich bin ein ‚springender Punkt', liebes Kind.
Nicht jeder weiß, wo wir Punkte so sind.
Ich heiß' Kornelius und bin ganz rund,
Tust Du, was ich sag', dann bleibst Du gesund!

Und das Gesundsein ist wichtig für Dich.
Drum überleg's Dir und höre auf mich.
Wenn Dir die Menschen was anderes sagen,
mußt Du sie stets nach den Gründen erst fragen.

ROH UND GANZ

Werbung und Fernseh'n, die preisen oft an,
was bei Gebrauch Dir nur schädlich sein kann.
Sie woll'n verkaufen, drum sei auf der Hut,
wenig davon ist für Dich wirklich gut.

Ich bin ein „springender Punkt", liebes Kind.
Du kennst mich jetzt und drum folg' mir geschwind.
Unsere Vorbilder schenkt die Natur,
schaue sie an, und bleib mir auf der Spur.

Hast Du zum Beispiel je Tiere gesehen,
die vor dem Essen zum Kochen erst gehen?
Mieze frißt ihre Maus samt Kopf und Schwanz
erstens nur roh und auch zweitens stets ganz.

Dir würde so zwar das Fleisch wohl nicht schmecken.
Aber wir können bei Pflanzen entdecken,
daß roh und ganz sie am wertvollsten sind.
Rohes, das lebt noch, und stärkt Dich, mein Kind.

Schau Dir den Apfel an, saftig und gut.
Beiß ruhig hinein, fühl, wie wohl er Dir tut!
Mehr als der Saft, den vom Fruchtfleisch man trennt,
mehr als der Brei, den man Apfelmus nennt.

Du hast doch Zähne, drum laß sie auch kauen.
Dann kann Dein Magen sehr leicht das verdauen,
was ihm der Mund an Naturkost verschafft.
Du erhältst davon die Frische und Kraft.“

„Kleiner Kornelius, Du machst mir Mut.
Obst schmeckt mir roh ja schon immer so gut.
Mandeln und Nüsse, die mag ich auch sehr,
aber erzähle mir davon ruhig mehr.“

„Komm nur, ich helf Dir die Welt zu entdecken.
Schau welch Geheimnis die Körner verstecken:
Dies kleine Korn ist ein Speicher voll Kraft.
Pflanze es ein, und Du siehst, was es schafft.

Denn in der Punkte-Naturzauberwelt
wird Dir das alles viel schneller erhellt,
was sonst mehr Zeit braucht und langsam erst wächst.
Aber das Korn lebt, da ist nichts gehext.

Steckst in die Erde Du Bonbons hinein,
bleiben sie leblos und tot wie ein Stein.
Nicht einmal in Deinem tollkühnsten Traum
wächst daraus jemals ein Süßigkeitsbaum.

Darum iß lieber, statt Farbzuckersachen,
Früchte, die Dich fit und leistungsstark machen.
Setze Dein Wissen stets um in die Tat:
Iß auch Gemüse meist roh, als Salat.

Nüsse und Samen, die kennen ’nen Trick:
geben Dir Fett, doch sie machen nicht dick!
Und in der Küche, da nehme die Mutter,
immer Naturöl und Sahne und Butter.

Extra gut schmeckt auch das wertvolle Brot,
aus dem ganz frisch stets gemahlenen Schrot.
Gibt man das ganze Korn oben hinein,
wird auch das Mehl frisch und vollwertig sein.

Aber Naturkost hält eben nicht lange.
Drum ist dem Supermarkt-Chef davor bange.
Er stapelt Dosen und Kekse und Waren,
die heut' genauso sind, wie in zwei Jahren.

Weil sie nicht leben, kann auch nichts verderben,
doch ein Naturfreund wird sie nicht erwerben.
Du weißt es nun, und drum kannst Du Dich hüten,
vor dem Fabrikzeug, den Fertigkost-Tüten.

Ganze Frucht, die kann sehr vieles enthalten,
was bald verloren geht, nach dem Zerspalten.
Das ist, warum ich Dir Vollkorn empfehl',
mach' einen Bogen um Zucker und Mehl."

„Aber macht denn nicht gerade der Bäcker
aus weißem Mehl viele Kuchen so lecker?"
„Sicher, das tut er, doch dafür kein Dank,
denn diese Kuchen, die machen nur krank.

Bananen-Nußschnitten

250 g Butter schaumig schlagen
250 g Honig und
4 Eier, aber eins nach dem anderen, einrühren.
250 g frisch gemahlenes Weizenvollkornmehl, mit
1 Päckchen Backpulver vermischt, dazurühren.
5 zerdrückte Bananen untermischen und den Teig auf ein gefettetes Backblech streichen.
250 g Mandeln (oder andere Nüsse) gehackt auf den Teig streuen, leicht andrücken. Den Kuchen bei 190° etwa 20-25 Minuten backen, auf dem Blech abkühlen lassen und in Schnitten schneiden.

Zucker und Weißmehl, das laß lieber sein.
Vollkorngebäck schmeckt mit Honig sehr fein.
Butter natürlich braucht's statt Margarine.
Und guten Honig, den macht Dir die Biene.

Wenn das Dein Bäcker nicht will oder kann,
fängst Du halt selber zu backen mal an.
Ich schenk' Rezepte Dir heut' zum Erproben,
und ich bin sicher, man wird Dich sehr loben.

Vollkornspitze

500g frisch gemahlenes
Weizenvollkornmehl
in eine Schüssel geben,
20g Hefe (= 1/2 Würfel) in
295g Wasser auflösen,
1 gestrichenen Eßlöffel Vollmeersalz
darüberstreuen und alles
10 Minuten gut durchkneten.
Danach den Teig
30 Minuten kalt stellen.
Das Ganze nun in 12-14 Stücke teilen
und aus jedem Stück einen Spitz
rollen. Die fertigen Spitze kurz in
Salzwasser tauchen und auf ein
mit Backpapier ausgelegtes
Blech geben, bei 225° etwa
20 Minuten backen.
Schmecken knusprig
und lecker ganz
frisch mit
Naturbutter!

Doch auch das Backen vermindert den Wert.
Rohes Korn ist drum besonders begehrt.
Eingeweicht oder gekeimt kann man's essen.
Keinen Tag solltest Du dieses vergessen!

Morgens schon schmeckt so ein Frischkornbrei sehr.
Mit rohem Obst ganz klar um vieles mehr.
Reibe den Apfel, zerdrück'die Banane
und dann servier' ihn mit Nüssen und Sahne.

Ist um Dich her dazu keiner bereit,
teste es selber und nimm Dir die Zeit.
Viele schon lebten von Früchten und Samen
lange bevor diese Blechdosen kamen.

Darum willst Du Dir Gesundheit erhalten,
laß die Vernunft mit Natursinn stets walten.
Das ist der ‚springende Punkt‘, liebes Kind,
auch wenn noch viele dagegen jetzt sind.“

Da staunt die Nina und sagt: „Kleiner Wicht,
warum nur wissen die Menschen das nicht?
Sie schenken täglich sich Naschwerk und Sachen,
die wohl mehr Krankheit als Freude dann machen.

Tausende essen aus weißem Mehl Brot.
Unwissend schlittern sie in ihre Not.
Solltest Du da nicht zu ihnen gleich gehn,
daß sie den Wert ihrer Speisen verstehn?“

„Nein“, sagt der Punkt, „g’rade das kann ich nicht,
denn ich bin bloß ein Naturgeisterwicht.
Wer die Natur nicht fühlt, kann mich nicht sehen.
Und wer nicht mitdenkt, der wird’s nicht verstehen.

Du hast mich heute gesehn und erkannt.
Du hast natürliche Speisen benannt.
Hab nur Vertrauen zu dieser Natur:
Liebe sie, lern’ von ihr, such ihre Spur!

Sie ist so vollkommen und wunderbar,
wie sie es immer und ewig schon war.
Dir auch als Mensch will sie vielerlei geben.
Hege sie, pflege sie, lern’ mit ihr leben.“

Nun ist Kornelius plötzlich weit fort.
Nina steht immer noch am selben Ort,
hält ihr Getreide ganz fest in der Hand,
aber es dreht sich und kreist ihr Verstand.

Endlich erwacht sie und rennt schnell nach Haus.
Doch die Geschichte ist damit nicht aus.
Nina erzählt sie, wem immer sie kann,
dann fängt für viele was ganz Neues an:

Sie denken nach, über Mensch und Natur.
Sie schauen auf ihre innere Uhr.
Meist leben sie dann von Körnern und Früchten
und sind geheilt von den Süßigkeitssüchten.

Machen die Freunde darüber mal Witze,
backt unsre Nina für sie Vollkornspitze
oder auch ihre Bananen-Nuß-Schnitten.
Da läßt sich keiner mehr lange dann bitten.

Wenn's allen schmeckt, denkt sie froh an den Wicht,
der das Rezept schrieb für dieses Gericht.
Nun kennst auch Du ihn, den „springenden Punkt".
Hat es vielleicht auch bei Dir schon gefunkt?

Mein Würfelspiel

START
Obst oder Gemüse hält
Dich fit: Rücke 2 Felder
Zuckerzeug: zum Zahnar
Gehe 3 Felder zurück!
Ähre: frisches Korn stärk
Dich: Rücke 3 Felder vor
Dosenfutter: Du fühlst D
schlapp: 1 × aussetzen!

ZIEL